KB269700

힘센 엄마

푸른사상 동시선 9

힘센 엄마

인쇄 2013년 7월 25일 | 발행 2013년 7월 30일

지은이 · 손일수
펴낸이 · 한봉숙
펴낸곳 · 푸른사상사
주간 · 맹문재 | 편집 · 지순이 | 교정 · 김재호

등록　　제2-2876호
주소　　서울시 중구 충무로 29(초동) 아시아미디어타워 502호
대표전화　02) 2268-8706~7 | 팩시밀리 02) 2268-8708
이메일　　prun21c@hanmail.net
홈페이지　www.prun21c.com

ⓒ 손일수, 2013

ISBN 978-89-5640-457-8 04810
ISBN 978-89-5640-859-0 04810 (세트)

값 9,700원

☞ 저자와의 합의에 의해 인지는 생략합니다.
　　이 책의 전부 또는 일부 내용을 재사용하려면 사전에 저작권자와 푸른사상사의
　　서면에 의한 동의를 받아야 합니다.
　　이 도서의 국립중앙도서관 출판시도서목록(CIP)은 서지정보유통지원시스템 홈페이지(http://
　　seoji.nl.go.kr)와 국가자료공동목록시스템(http://www.nl.go.kr/kolisnet)에서 이용하실 수 있습니
　　다.(CIP제어번호 : CIP2013013195)

이 책은 서울문화재단 '2012 예술창작지원-문학' 지원사업의 지원을 받아 발간되었습니다

푸른사상
동시선

9

힘센 엄마

손일수 동시집

산골 마을이 고향인 저는 생각이 종종 고향 주변을 맴돌곤 합니다.

넓은 저수지, 산 넘어 다니던 학교, 숨바꼭질하던 정자, 그리고 물장구치던 시냇가…….

속상한 일이 있을 때도 마음이 잠시 쉬었다 오면 조금은 편해진답니다.

사실 그 산골 마을에는 또래 친구가 거의 없어 학교를 혼자 다닌 기억이 훨씬 더 많습니다.

꼬불꼬불한 길을 혼자서 걷다 보면 주변에 있는 모든 것이 친구가 되었습니다.

꽃, 나무, 새, 바위, 나비, 개미, 시냇물까지.

혼자 가다 심심할 때 말 걸어보기 좋은 친구들이었답니다.

날아가는 새에게, 기어가는 개미에게

"안녕? 어디 가?"라고 물어놓고 대답이 없어도 좋았습니다.

지금 생각해보면 그 시절이 있어서 지금의 제가 있는 것 같습니다.

그때의 기억이 살아가는 데 힘이 되니까요.

그중에서 특히 생각나는 건 할아버지께서 들일 가셨다가 돌아오실 때면 칡 이파리에 곱게 싸오셔서 내밀어주시던 산딸기 그리고 오디를 먹던 기억, 시냇가에서 바지 동동 걷고 다슬기 줍던 기억, 한겨울 커다란 저수지를 빙빙 돌아 집으로 돌아갔던 기억…….

저에게는 돈으로는 살 수 없는 아주 큰 재산이 되었답니다.

그 덕택에 첫 동시집이 나오게 되었습니다.

동시집이 나오도록 도와주신 푸른사상사와 맹문재 주간님, 삽화 작업에 함께해준 친구들 정말 고맙습니다.

또한 올바른 시 정신을 이야기해주시는 권오삼 선생님과 따뜻한 인간애를 실천하시는 최춘해 선생님, 늘 응원해주는 사랑하는 가족들에게 고마운 인사를 전합니다.

제게 힘이 되어주시는 모든 분들께도 감사하고 평화의 인사를
전합니다.
평화를 빕니다.

2013년 여름날 손일수

차 례

제2부

제4부

누구냐, 너는?

제1부

쌀과 살

나는
쌀이라 하는데
포항 사시는 할머니는
살이라고 해요

"할머니, 살이 아니고 쌀"
"그래, 살이 아니고 살"
아무리 말해도
할머니는 쌀을
살이라 해요

쌀밥을 많이 먹어
밥심으로
농사짓는다는 할머니

할머니가 말하는
'살' 은
쌀도 되고
살도 되고
힘도 되지요

산

비가
그쳤어요

산을 덮었던 안개가
하늘로
올라가려고 해요

커다란 산이
통째로 허물을
벗는 것 같아요

꿈틀, 꿈틀, 꿈틀

허물을 깨끗이 벗은 산
한 뼘은
자란 것 같아요

글자 벌레

숙제하면서
잠깐 졸았다

깨고 보니
공책 위에 글자들이

꼬   꼬   꿈   꿈
　　물   물   틀   틀

글자 벌레로
변했다

반가운 소리

고물장수 아저씨
골목에 들어서며
외치는 소리

"고장 난
 텔레비, 냉장고, 에어콘, 콤퓨타 삽니다"

고장 난
텔레비, 냉장고, 에어콘, 콤퓨타를 살리는
반가운 소리

찹쌀떡 장수

한밤중,
찹쌀떡 장수가
골목을 누비고 다닌다

찹쌀 떠-억-
찹싸알 떡!
찹쌀 떠-억-
찹싸알 떡!

소리 하나로
찹쌀떡을
길게 늘인다, 줄인다
크게도 만든다, 작게도 만든다

누구냐, 너는

수박씨는 다섯 개
심었을 뿐인데
싹은 여섯 개가 돋았네

떡잎부터 다르게 올라오는
싹이 하나

누구냐,
너는?

우리 집 벽걸이 텔레비전

커튼 활짝 걷어 제치면
창문이 그대로
벽걸이 텔레비전

낮에는 파란 하늘, 구름, 새
밤이면 달님이
앞 동 옥상 안테나와
물탱크, 굴뚝 사이를
슬그미 지나가는 모습을
생생하게 보여준다

어떤 날은 비 내리는 화면이
어떤 날은 눈 내리는 화면이
종일토록 방영된다

우리 가족은 자주
벽걸이 텔레비전 앞에 모여
자연 다큐멘터리를 본다

맛있는 그림책

엄마와 동생이
마주앉아
그림책에서
과일을 딴다

동생이
포도 한 알 따서
엄마 입에 넣어주면
엄마는
"아유, 맛있어"
쩝, 쩝, 쩝, 쩝

엄마가
딸기 한 알 따서
동생 입에 넣어주면
동생은
"아이, 맛있어"
냠냠, 냠냠

먹고 또 먹어도
줄어들지 않는
그림책 속 맛있는 과일

꼬꼬댁

앞집도 빈집
옆집도 빈집
뒷집도 빈집인
산골 외할머니 집

이웃 없던 외할머니는
마당 한쪽에
꼬꼬댁을 들여
같이 산다

받기 싫은 전화

받기 싫은 전화에는
운전 중이라고
거짓말하는 우리 아빠

일하다가도
밥 먹다가도
텔레비전 보다가도
운전대도 잡지 않고
운전한다

눈에 보이지도 않는 차를
요리조리 잘도 피해간다

밥

혼자 살던
옆집 할머니 집에
개 한 마리 생겼다

불쌍하다고
한 번, 두 번 준 밥이
떠돌이 개
발목 잡았다
아예 눌러 앉혔다

우리 집에 오는 데 걸린 시간

이사한 집에
한 번 가봐야 할 텐데…….
전화할 때마다
같은 소리 하는 외할머니

외삼촌 차로 오면
한 시간 남짓 걸리는 거리지만

얼마 안 되는 농사일이 붙잡고
키우는 소가 붙잡고
한 마리뿐인 개가 붙잡고
이래서 저래서 못 온다 하시더니
오늘 드디어 오셨다

이사한 우리 집까지 오는데
걸린 시간
일 년하고도 한 달

힘센 엄마

스티로폼 상자에
상추, 부추, 열무 심어놓고
상추 밭, 부추 밭, 열무 밭이라
부르는 엄마

햇볕 잘 드는 곳으로
상추 밭, 부추 밭, 열무 밭
밭째로 들었다 놨다 옮기기도 하는
힘센 엄마

똑똑

똑똑!

옆집 아줌마
시골에서 가져온 땡감이라며
한 소쿠리 준다

땡감 한 소쿠리 받아든 우리 엄마
빈 소쿠리 주면 정 없다고
금방 무친 나물 한 접시 들고
옆집 현관문 두드린다

마음을 배달하는 소리
똑똑!

콧속으로 숨어들었을 거야

제 2 부

세상에서 가장 큰 꿀벌

아카시아꽃
향기가 난다

향기를 쫓아
꿀을 따는 꿀벌처럼
향기 따라가 보니

부엌 한구석에
아카시아꽃 한 소쿠리

아카시아꽃에 코를 대고
킁, 킁, 킁
세상에서 가장 큰 꿀벌이 되어
달콤한 향기를 딴다

두 근 반 세 근 반

엄마 따라 정육점에 갔다
내가 좋아하는 민우도
엄마하고 함께 왔다

엄마가 주문한
삼겹살 세 근
저울 바늘이
두 근 반과 세 근 반 사이를
빠르게 왔다 갔다 했다

민우가 나를 보고
살짝 웃어주었을 땐
내 가슴도 두근두근
두 근 반 세 근 반이었다

콩밭 병사

반짝이
깡통
허수아비

콩이 여물 때까지
새 떼와 맞서
콩밭을 지키는
콩밭 병사들

한자리

엄마, 아빠 헤어지면
우리 집은 없고
엄마 집, 아빠 집만 있다

엄마 집에 가든
아빠 집에 가든
텅 빈 한자리

식탁도
소파도
신발장도
한자리가 빈다

마음 한자리도 빈다

메모지

시장 간 엄마는
돌아오지 않고
친구와 만나기로 한
약속 시간은 다가왔다

엄마, 현규 집에서 놀다 올게요
열쇠는 우유 주머니에 넣어뒀어요

메모지를
현관문 밖에 붙여놓고
놀다 왔더니

엄마는
떼어낸 메모지를 들고
이렇게 읽었다

"도둑 아저씨, 열쇠는
 우유 주머니에 있으니
 꺼내서 맘대로 가져가세요
 지금 우리 집엔 아무도 없어요"

웃는 기차

집은 멀었는데
업어줘
안아줘
조르는 아이 둘

엄마가
꼬마 기차를 만든다

칭얼대던 아이 둘
엄마 허리 잡고
누나 허리 잡고
순식간에 만들어진
세 량짜리 작은 기차

좁은 골목길 따라
깔깔깔 호호호 깔깔깔 호호호

기적 소리까지 재밌는
웃는 기차가 달려간다

웃음소리

분수대에서
찰바당 찰바당
뛰어 노는 아이들
옷은 다 젖었지만

　　깔
　　　　깔
깔　　깔
　　까　　르
르
　　　르

웃음소리는
물기 하나 없이
하늘로 퍼진다

조팝나무 꽃집

조팝나무
하얀 꽃집
작기도 하네

벌들이 날아와
놀고 싶어도

집이 작아
잉잉
울기만 하네

난 뭐지?

툭!
나무에 앉아 있던 새
똥 샀다

나무 밑 의자에 앉아 쉬던
내 다리에
새똥 떨어졌다

난 뭐지?
이 순간은
새의 화장실?

향기의 숨바꼭질

향기도 발이 있나봐
옆집 라일락 향기가
우리 집에 왔네

세상에서 가장 작은 발에 맞는
꽃신을 맞춰 신고
바람을 타고 우리 집 담장을
폴짝 넘어왔을 거야

우리 집에서
숨바꼭질했을 거야

고 자그마한 향기가
작은 발을 콩콩거리며
내 콧속으로 숨어들었을 거야

그래서 내 코가
간질간질했을 거야

요, 향기로운 녀석들

49

못

내가 하는
대답 중에
유난히도 많은
못

못 해
못 가
못 타
못 믿어

톡,
튀어 나온 못
뺐더니

할게
갈게
탈게
믿어

내가 당당해졌어요

냉장고

냉장고는
과일, 채소, 생선, 반찬 같은
음식물만 보관하는 곳이 아니구나

우리 집 냉장고 벽에는
엄마의 하루하루 차림표
학교에서 먹는 내 식단표
내 동생 유치원 준비물도
붙어 있다

냉장고는
깜박깜박하는 엄마의 기억도
보관하는 곳이구나

바보 엄마

어버이날 아침
시골 외할머니한테
전화하는 엄마

"요즘 반찬은 뭐해 드세요?
농사일은요?
아픈 데는 없고요?"

"통장으로 십만 원 부쳤어요
먹고 싶은 거 사 드세요"

'사랑합니다' 란 말은
끝내 하지 못하고 전화를 끊는다

사랑
엄 마
사랑...아...

여기가 내 집이었소!

여기가 내 집이었소!

제3부

이층 버스

오빠와 동생이
함께 쓰는 이층 침대
밤만 되면 이층 버스가 됩니다

오빠는 일 층에서
동생은 이 층에서
시동을 겁니다

오빠는
"드르릉, 쿨쿨, 드르릉, 쿨쿨"
동생은
"뽀드득, 뽀드득"

밤새 달려도
손님 한 명 타지 않는
이층 버스를 몰고
아침까지 신나게 달립니다

Zzz₀₀₀
3

외삼촌

이놈의 농사
그만둬야지!

툭하면
농사 그만둔다는
농촌 노총각
외삼촌

버릇처럼 말하다
입버릇이 됐다

속상한 마음에
오늘도 탈탈탈탈
경운기 몰고 나가는
외삼촌

한 수 위

엄마한테 혼나고
기다란 막대기로
바위에게 화풀이를 합니다

따악!
따악!

바위도 화가 나는지
내 손바닥이 화끈거리도록
받아칩니다

손도 대지 않고
나를 혼내는 바위
엄마보다 한 수 위입니다

헌옷 한 벌

매미가
입고 다니다
풀숲에 벗어놓고 간
헌옷 한 벌

개미도 한 번 입어보고
노린재도 한 번 입어보지만
안 맞아, 안 맞아
입어만 보고 그냥 가는
매미가 벗어놓은
헌옷 한 벌

예쁘다는 말에

꽃집의 아가씨는 예뻐요!
그렇게 예쁠 수가 없어요!

공원 모퉁이를 돌아
자전거 타고 지나가는
할아버지의 노랫소리에

꽃잔디는 땅에 붙어 깔깔거리고
수선화는 목을 길게 빼서 웃고
줄장미는 빨개진 얼굴로 담 넘어가고
옆에 섰던 할머니 두 분 큰소리로

우하하하하!

감기

돌거북이도
밤새 눈 맞으면
코감기 걸리나봐

해가 뜨자
코끝에
콧물 대롱대롱 달았네

암탉이 꼭꼭

꼬꼬댁 꼭꼭
꼬꼬댁 꼭꼭

모이 줄 때마다 꼭꼭
모이 먹을 때마다 꼭꼭
신선한 달걀 낳아주겠다고

꼬꼬댁 꼭꼭
꼬꼬댁 꼭꼭
약속한다

내 동생 이 빼던 날

흔들흔들 내 동생 앞니
엄마가 실 묶어 빼겠대요

"하나, 둘, 셋 하면 빼야 해"
동생이 두 번, 세 번
다짐받는 사이

하나, 둘에
이가 빠졌어요

실에 묶여
엄마 손끝에서
대롱거리는
앞니 하나

앞니 빠진 내 동생
잇몸에서 찔끔 피가 나도
셋 아닌 둘에 뺐다고
"붙였다 도로 빼"
생떼 부려요

아기가 된 엄마

외갓집에 갔더니
외할머니 옆에
가만히 누워서

"엄마가 해주는 잡채 먹고 싶어
 엄마가 손으로 민 칼국수 먹고 싶어
 아침에 늦잠 잘 테야"

툭하면
형이랑 나보고
"니들이 아기냐?"
하던 엄마

외할머니 앞에서
아기가 되었다

형 휴대폰

"휴대폰 요금이 이게 얼마야?"
청구서를 보고 화가 난 엄마
형 휴대폰을 빼앗았다

학교에 간 형,
버스 끊어져도 오지 않아
형 친구들한테 전화하던 엄마
"이 녀석이 집에 전화
 한 통 못 하나?"

늦게까지 독서실에 있었다며
들어온 형에게
"제발 연락 좀 하고 다녀라"

빼앗았던 휴대폰 형한테 돌려준다

상추 밭

어디에 심을까
상추 씨앗 한 봉지

우리 집엔 밭도 없는데
화단도 없는데

이리저리 궁리하다
스티로폼 상자 가득 흙을 채우고
상추 씨앗을 뿌렸습니다

우리 집에도
손바닥만 한
상추 밭이 생겼습니다

김치

자,
하나!
둘!
셋!

김-치-

웃는 얼굴 하나가
사진 속에 담겼다

꽉 다문 입도
웃게 만드는
김치

구덩이

동네 뒷산
야생화 자라던 자리에
움푹 파인 구덩이

여기가 내 집이었소!

야생화가
사람들에게
잡혀가면서 남긴 한마디
또렷하게 남았다

저녁 연기

늦은 저녁
산골 마을 굴뚝에서
모락모락 피어오르는 연기

집이 내려다보이는 밭에서
일하는 할아버지에게
저녁밥 먹자고 보내는
할머니의 신호

손전화 없이도 통하는 신호

저녁밥 짓자

상상만으로도 즐거운 놀이

제4부

슬며시

시골 할머니 집에 가서
불 끄고 누웠더니
열린 창으로
슬며시 다녀가는 것들
많기도 하다

바람과 달빛이
들어왔다 나가고
멀리 개 짖는 소리,
풀벌레 소리,
뒷논에 개구리 소리까지
밤늦도록 슬며시 다녀간다

뒤척뒤척
내 잠도 슬며시 따라갔나 보다

귀뜰귀뜰
개굴개굴
멍멍

씨앗

작년 가을 불이 나서
까맣게 타버린 뒷산

먹을 것도 쉴 곳도 없는
검은 산

봄이 오자
뒷산이 초록으로 꿈틀대고 있어요

겨우내
새들과 바람이
씨앗을 뿌렸나봐요

숨바꼭질

아버지 밀짚모자를
돌 지난
사촌 동생한테 씌워놓고
가족들 모두
"훈이 어디 있나?"
"훈이 어디 갔지?"

팔 다리
삐죽이 나와 있는
훈이 찾느라 난리다

까르르
까르르

훈이 웃느라
숨은 자리 들켜도
술래는 늘 어른들이다

토마토 벌레

화단에 심은
토마토 중에
제일 굵은 토마토

동생도 찜!
나도 찜!

익지도 않은 토마토
냠냠, 쩝쩝
갉아먹는 벌레

먼저 먹으면 임자라고
쩝쩝 입맛을 다신다

수고비

흰 눈
내리는 날

미끄러져 다치기 전에
눈이 녹아 질퍽거리기 전에

계단도
일 층 할머니 집 현관 앞도
대문 앞 큰 길도
빗자루로 쓱쓱 쓴
엄마

일층 할머니한테
옆집 할아버지한테

"새댁, 고마워"

고맙다는
따끈따끈한 말 한마디
수고비로 받았다

소화기 게시판

아파트 계단
모퉁이마다 놓인
빨간 소화기

솜 탑니다
자동차 매매
컴퓨터 수리
맛있는 중국집

불났을 때
사용하라고 놔둔 소화기에
사람들이 갖다 붙인 전단지

먹고사는 일에
사이렌 울리나보다

우와!

단풍으로 물든 가을산
땀 흘리며 오르는 사람들

앞서 가는 사람도
뒤따라 가는 사람도
똑같이 내뱉는 말

우와!
우와!

가을산 오르는 사람들
긴 줄처럼 길게 이어지는 말

우와!
우와!

씨름

가나다라마바사
더하기 빼기 나누기 곱하기
ABCDEFG
내가 머릿속에 담으려고
씨름하다가
대문 앞에 내놓은
헌책 꾸러미

옆집 할머니가
꿍―, 꿍―
손수레에 담으려고
씨름 중이다

616+195=
⑤
수직선을 보고
⑦
167
100
0
교과서 58~60쪽
안에 알맞은 숫
488   48   88   488
+246 → +246 → +246 → +246
4   34   734
은하수학교 학
은하수학교 학
산울림학교
209
+2
⑧
②
③

85

나뭇잎 모임

바람 부는 가을 날
길 옆 나무 밑에
커다란 자루 하나가
놓여 있습니다

날짜가 지난 현수막을
뒤집어 만든 자루에는
"환영합니다"라는 글자가
있습니다

쉴 곳을 찾지 못해
이리저리 굴러다니던 나뭇잎들이
자루 안으로 모입니다
나뭇잎이 들어올 때마다
현수막으로 만든 자루는
나뭇잎을 환영합니다

나뭇잎들
바스락 바스락
즐거운 모임을 합니다

붕어빵

어디보자
니 엄마랑 똑같네

처음 만난 친척 아저씨가
내 얼굴에서
엄마를 찾는다

이름 짓기

부활절 날 세례를 받으실 외할머니
성당에서 부르는 이름 하나 짓는데
부르기 쉽고,
알아듣기도 쉬운 걸로 지어달라 하셨다

엄마랑 외삼촌이 머리 맞대고
"엘리사벳, 유스티나, 살로메, 가타리나……"
줄줄이 이름을 대도
"왜, 다 어려운 거뿐이고?
 더 쉬운 이름 없나?" 하시던 할머니

갑자기 생각난 듯
"야들아, 청송댁은 어떻노?"
말해놓고
다른 사람은 웃든지 말든지
할머니 혼자 마음에 들어 하셨다

입김

후—
후—
후—

봄바람이
목련꽃 봉오리에
사—알—살
불어넣은 입김

어느새
부푼 목련꽃이
펑—
터졌다

되고 놀이

좋아하는 반찬만 먹어도 되고
학교 안 가도 되고
학원 안 가도 되고
이발 안 해도 되고
하루 종일 놀아도 되고
용돈 맘대로 써도 되고
잔소리 안 들어도 되고

안 되는 게 많아
상상만으로도 즐거운 놀이
되고 놀이

고구마 캐기

봄에 순으로 심어놓은 고구마
어느 새 땅속에서
흙과 하나가 되어 있다

고구마가 다치지 않게
호미질을 살살하다가
오른쪽 왼쪽
살짝살짝 흔들어본다

고구마는 땅에
뿌리를 단단히 박고 있다
땅과 사람이
팽팽한 힘겨루기를 한다

벽걸이 선풍기

벽에 걸린 선풍기
칠판 앞에 선 선생님처럼
교실 안을
두리번두리번 살핀다

이쪽, 저쪽
고개 돌리며
아이들 한 명, 한 명
쓰다듬어주는
벽걸이 선풍기

바람이 골고루 가는지
더워하는 아이들은 없는지
돌아본 곳 다시
돌아본다

동시 속 그림

* 그림을 그려준 학생들이 다니고 있는 초등학교는 대구 및 평택에 있습니다.

김수정(오성초 4학년)

김수원(동변초 3학년)

오우림

김수원(동변초 3학년)

오우림

오우림

김수원(동변초 3학년)

오우림

김수정(오성초 4학년)

도예지(대성초 5학년)

장수연(대성초 5학년)

김수원(동변초 3학년)

오우림

정나연(달산초 5학년)

김수원(동변초 3학년)

김수원(동변초 3학년)

박유진(대성초 5학년)

오우림

김수원(동변초 3학년)

오우림

정나연(달산초 5학년)